Rescatarse

Claudio Furnier

Published by Claudio Furnier, 2024.

This is a work of fiction. Similarities to real people, places, or events are entirely coincidental.

RESCATARSE

First edition. November 19, 2024.

Copyright © 2024 Claudio Furnier.

ISBN: 979-8230883296

Written by Claudio Furnier.

Also by Claudio Furnier

Dibujos para creer en algo
Catarsis, la psicología en dibujos
Minimalism
Minimalism
Augusto y Cleopatra, el yin y el yang
La vida es graciosa
Las emociones están de humor
Love
Todos deberíamos hacer terapia
Organizador agenda
Casi un libro
100 ideas para vivir, frases dibujadas
Rescatarse

RESCATARSE
Frases motivacionales

Claudio Furnier.

RESCATARSE 3

RESCATARSE

RESCATARSE

RESCATARSE

RESCATARSE

☆ Señor, Dame hoy:

Oído Amplio y atento

Mirada confiable

Sonrisa Amplia

Abrazos Gigantes

IMPULSO!!! Mucho IMPULSO!!

RESCATARSE 21

RESCATARSE 25

RESCATARSE

✡ Si no existiera la DUDA...
¿Cómo Reconoceríamos las
CERTEZAS?

RESCATARSE 35

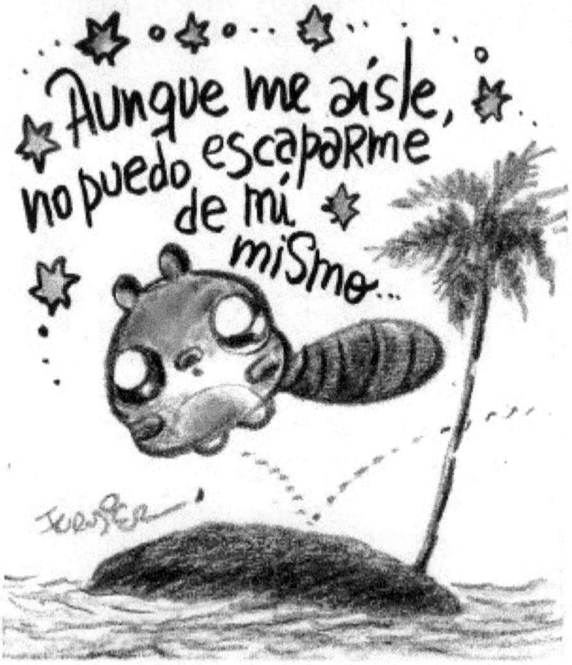
Aunque me aísle,
no puedo escaparme
de mí
mismo...
FURNIER

RESCATARSE

El Amanecer: un Baño de VIDA!

RESCATARSE 39

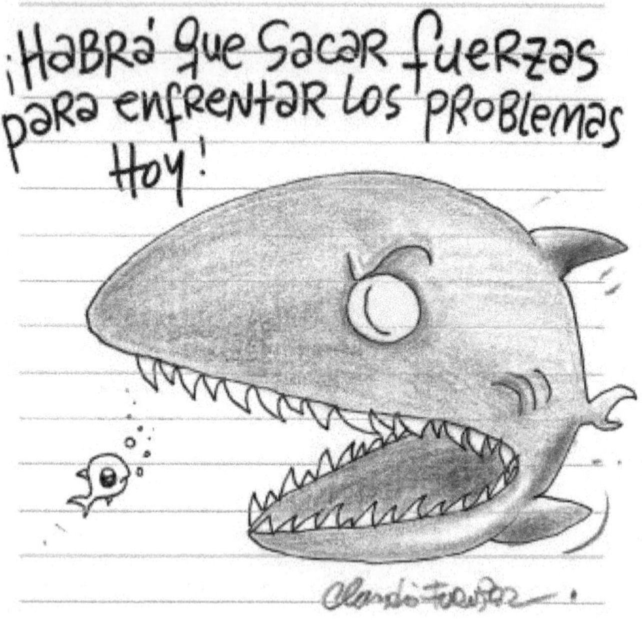
¡Habrá que sacar fuerzas para enfrentar los problemas hoy!

RESCATARSE 41

✷ Encontrarme conmigo mismo...

¿Y si me animo..?

RESCATARSE 43

✴ Me animé !!!

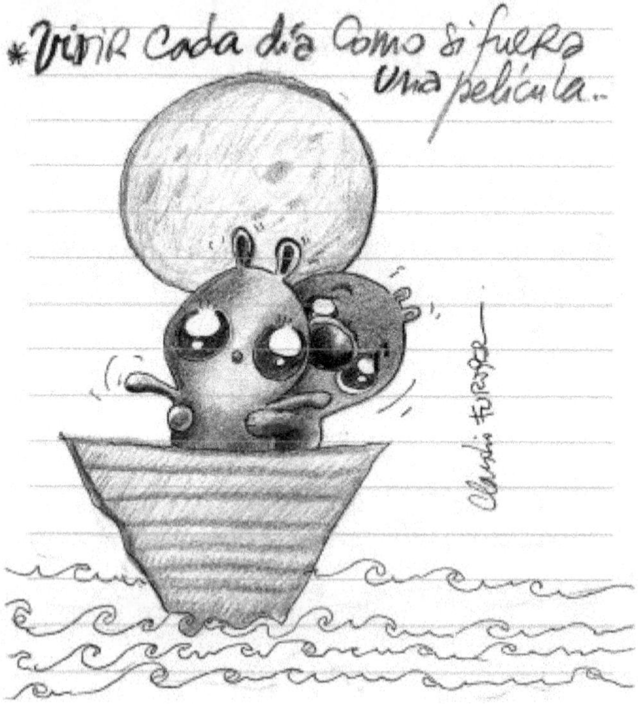
*Vivir cada día como si fuera una película...
Claudio Furnier

RESCATARSE 45

¿PASÓ ALGO MALO..?
3 PASOS:

...INSULTAR...ACEPTAR...SONREÍR...

Claudio Fornier

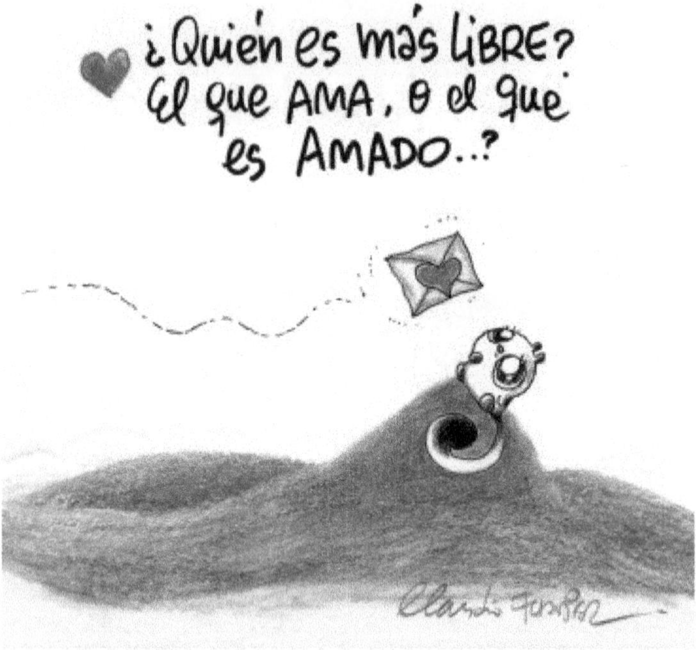
¿Quien es más LIBRE?
El que AMA, o el que es AMADO..?

RESCATARSE 47

✿ Incendiar el Día...

...Que no te sea INDIFERENTE

✴ Un pato sobre una piedra en el desierto, no tiene sentido...

...pero a veces las cosas suceden sin tantas explicaciones...

RESCATARSE 49

Hay un Yo interior que surge sólo cuando miramos un día de lluvia a través de la VENTANA...

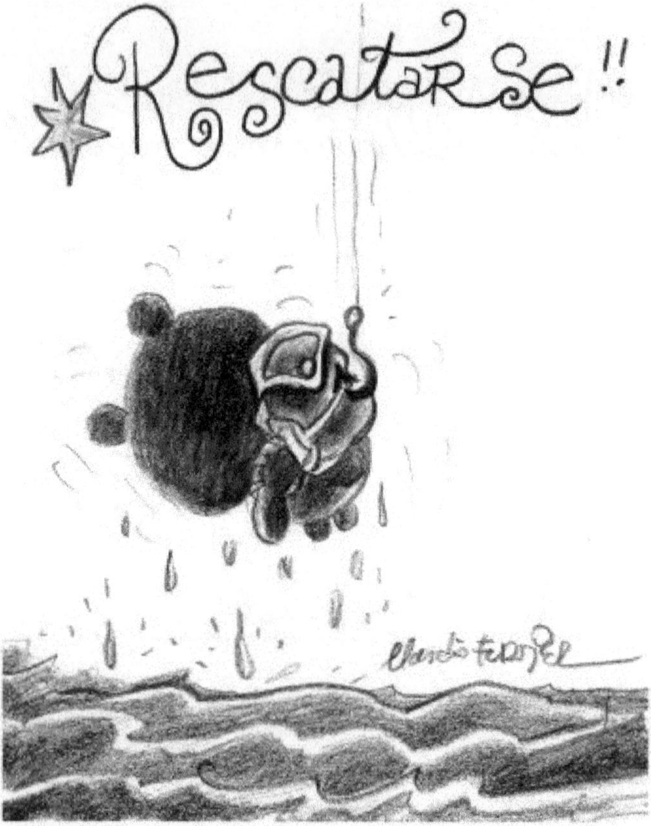
Rescatarse !!

♡ Somos tan iguales...

...y tan diferentes a la vez.♡

Claudia tennifer

Sentirme como en las VACACIONES cuando no estoy de VACACIONES...

RESCATARSE 53

★ Cada cosa en su lugar...
y a su debido tiempo...

✡ Sólo te digo adiós para poder darte pronto un gran abrazo de bienvenida...!

RESCATARSE 55

☆ Cuando sientas que es demasiado tarde, es porque llegó la hora de emprender algo totalmente nuevo...

RESCATARSE 57

✦ Entraron ladrones y te dejaron todo desordenado y fuera de lugar... Sólo para robarte lo único que venían a buscar:

tu corazón...

RESCATARSE 59

⭐ ¿Te pusiste a pensar que todas las cosas nos Recuerdan a alguien?

SNIF!

☆ Pensando que ya era tarde... se me pasó la mañana...

RESCATARSE 61

☆ Mi problema es confundir el lugar que ocupo con el que deseo ocupar...

Ojalá cuando muera, puedan decir de mí:
"LE SOBRABA CAPACIDAD de
AMAR..."
Claudio FURNIER

RESCATARSE 63

✶ Devorarse los Problemas!!

64 **CLAUDIO FURNIER**

Hay cosas que se esperan...
... pero no se piden...

RESCATARSE 65

Mirar mi ciudad como si fuera un turista......

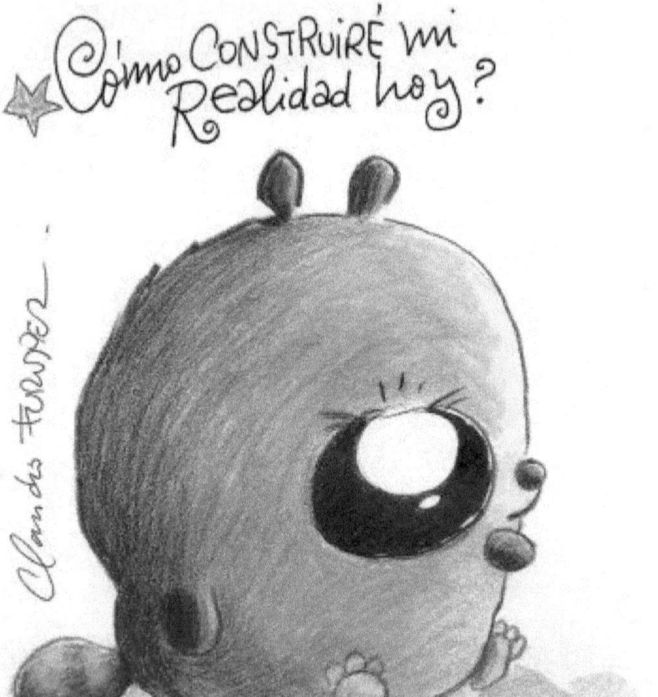
¿Cómo CONSTRUIRÉ mi Realidad hoy?

RESCATARSE 67

Achicar Distancias.

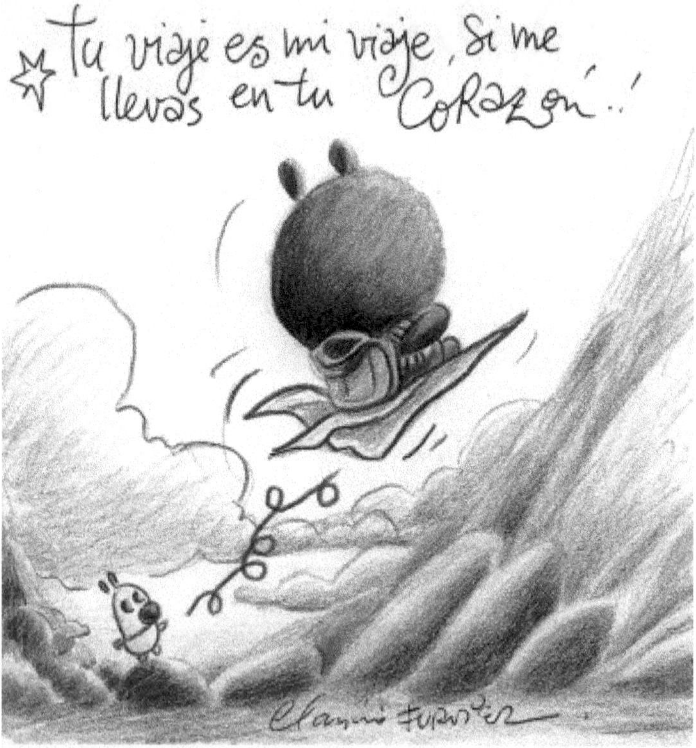
Tu viaje es mi viaje, Si me
llevas en tu Corazón..!

"Antes creía que mi EGO dependía de los demás...

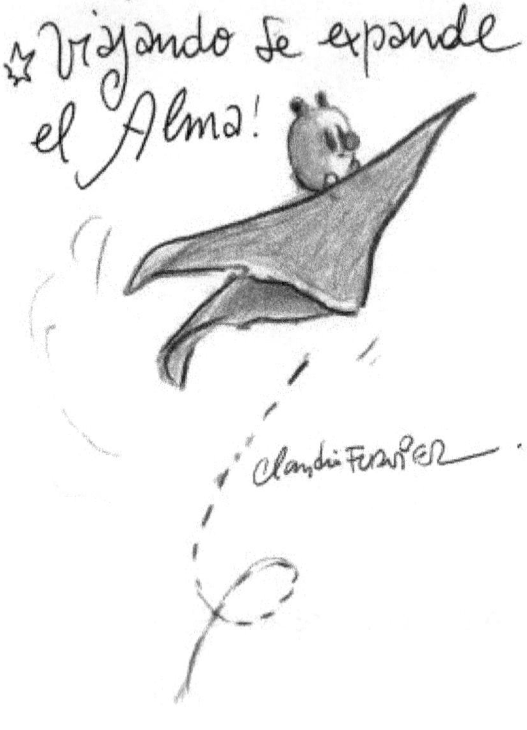
¡Viajando se expande
el Alma!
Claudio Furnier

RESCATARSE 71

¿...Y si Resulta que la cosa no eRa tan Complicada como parecía ser...?

Hoy me decido a cruzar...!

RESCATARSE

Como no necesito nada...

...¡Lo tengo todo!

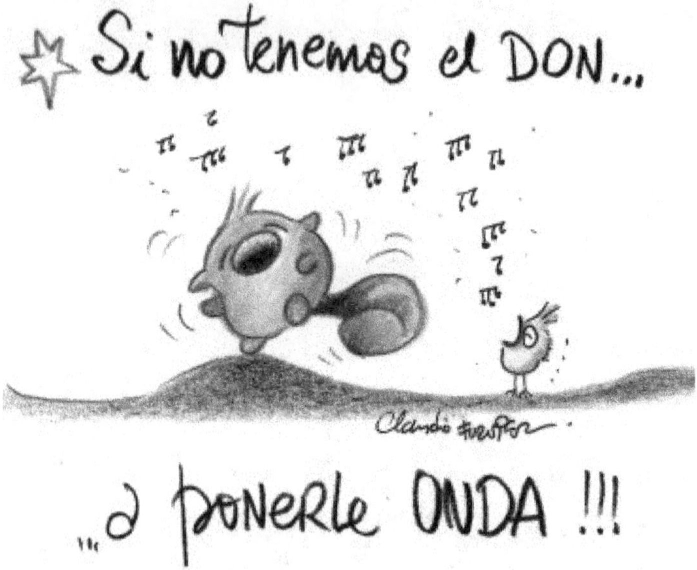
Si no tenemos el DON...
...a ponerle ONDA !!!

RESCATARSE 75

Qué bueno haber coincidido en el DÓNDE, en el CÓMO y en el CUÁNDO

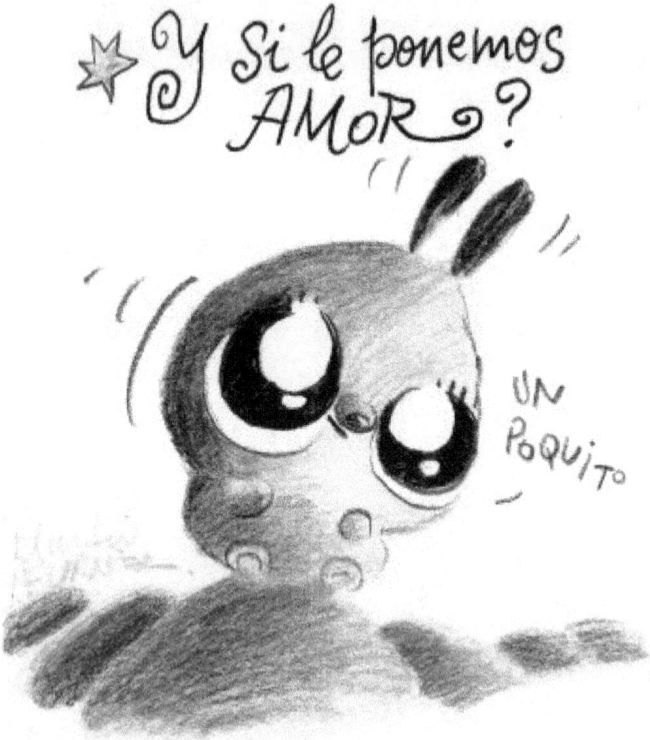
¿Y si le ponemos AMOR?
UN POQUITO

RESCATARSE 77

Hay gente que te hace LIBRE......

CLAUDIO FURNIER

Soy yo, o es la MALA SUERTE...?

RESCATARSE 79

En este mismo instante,
como si fuera un DIOS,
estoy creando mi MUNDO...
Bueno... o Malo...
...De mí depende...

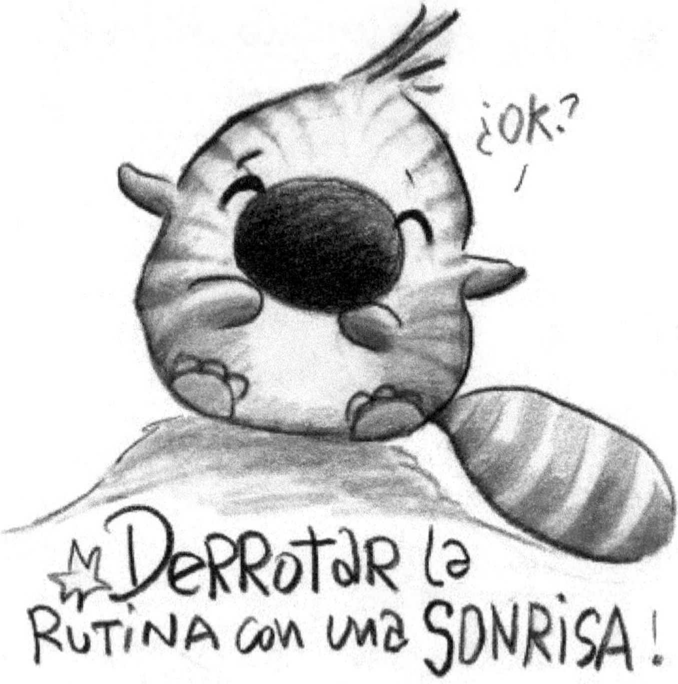
¿OK?
¡DERROTAR LA
RUTINA CON UNA SONRISA!

RESCATARSE 81

✶ Nuestros gestos están conectados en un engranaje... De allí se multiplica el Bien o el MAL...

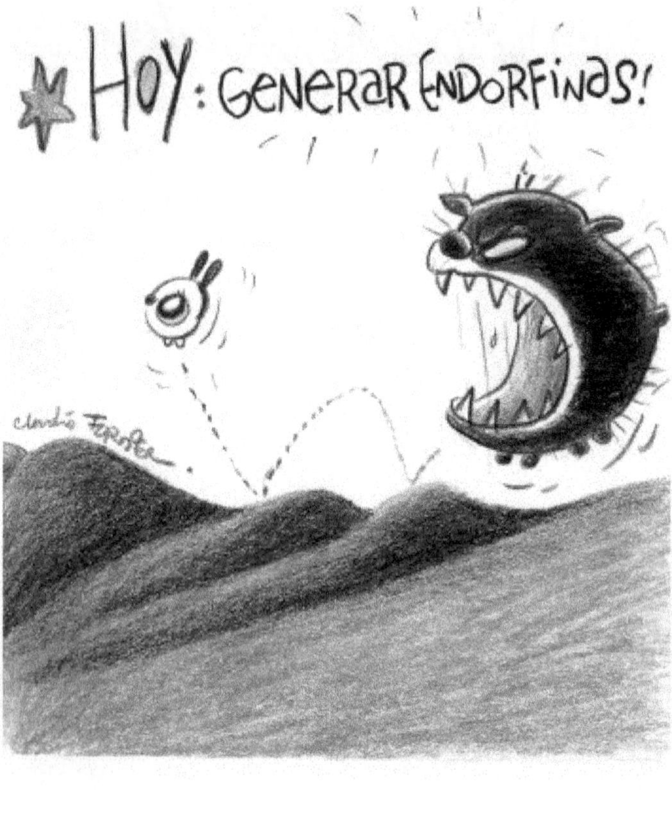
HOY: GENERAR ENDORFINAS!

RESCATARSE

★ Encontrando en otros lo que debería buscar en mí...

Creo en la mujer justa...
esa persona que es justo
para uno...
"LA MUJER JUSTA" Sandor Marai

RESCATARSE 85

☆ Hasta de los que no te dejan nada, se aprende ALGO........

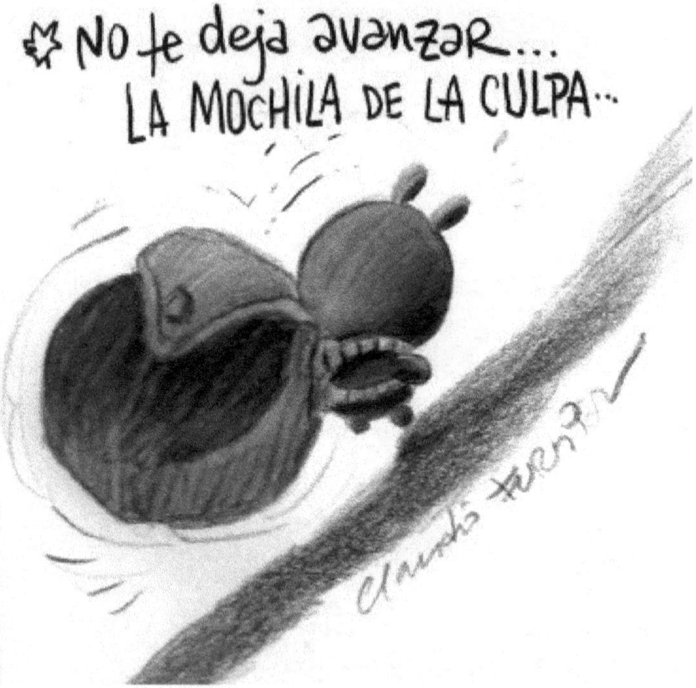
No te deja avanzar...
LA MOCHILA DE LA CULPA...

RESCATARSE 87

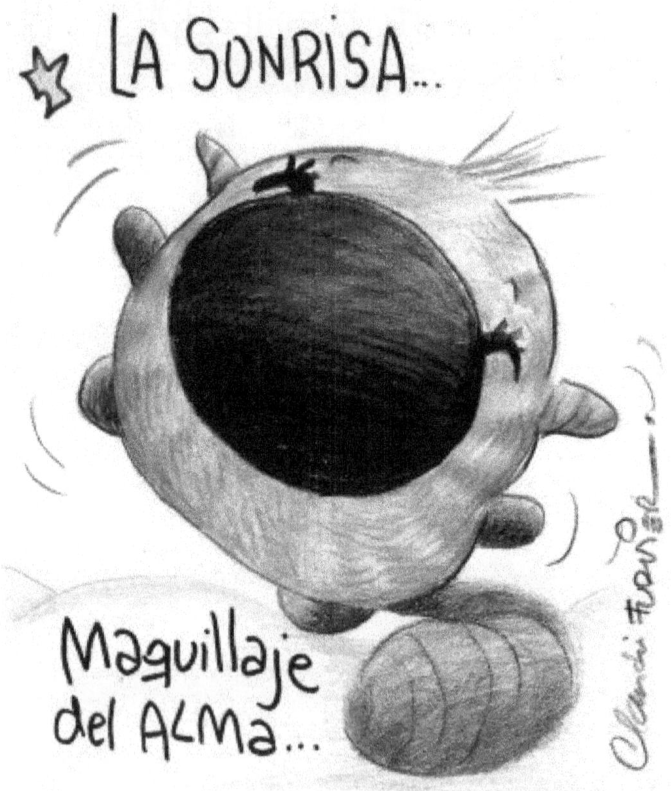
LA SONRISA...
Maquillaje
del ALMA...
Claudio Furnier

RESCATARSE

☆ Si estás con las orejas caídas...

Remedios

...intentaré ser tu ASPIRINA!

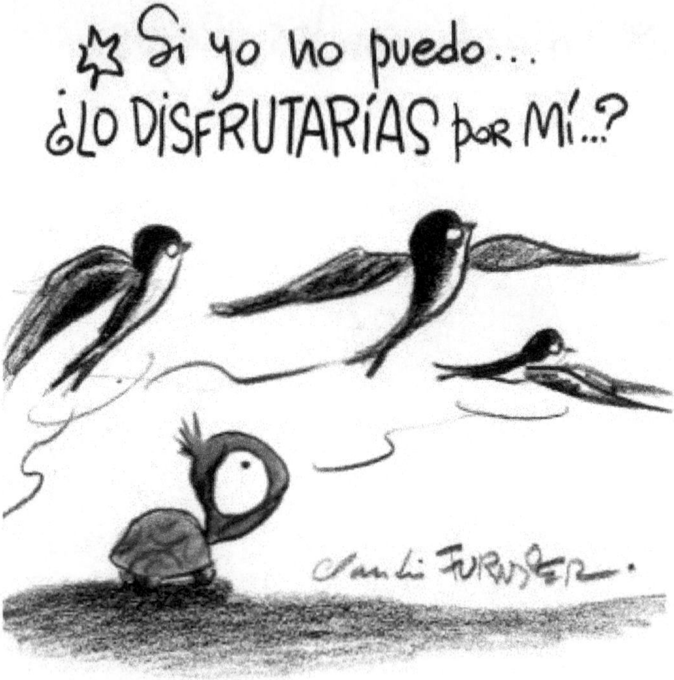
Si yo no puedo...
¿LO DISFRUTARÍAS por MÍ...?

RESCATARSE 91

☆ Bailar desnudo bajo la Luna...

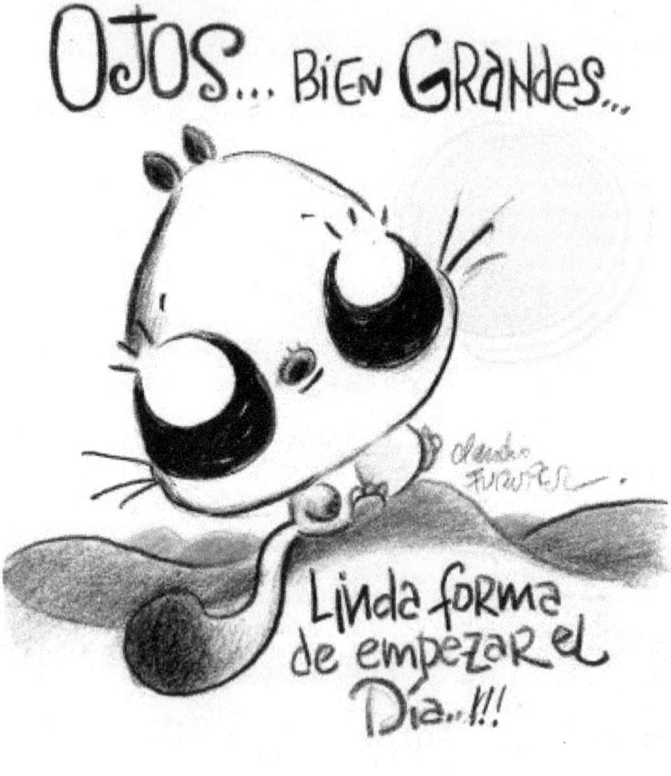
OJOS... BIEN GRANDES...
Linda forma de empezar el Día..!!!

RESCATARSE 93

Ella es tan ella; y yo, tan yo...

...que se vuelve complicado el

N O S O T R O S...

RESCATARSE

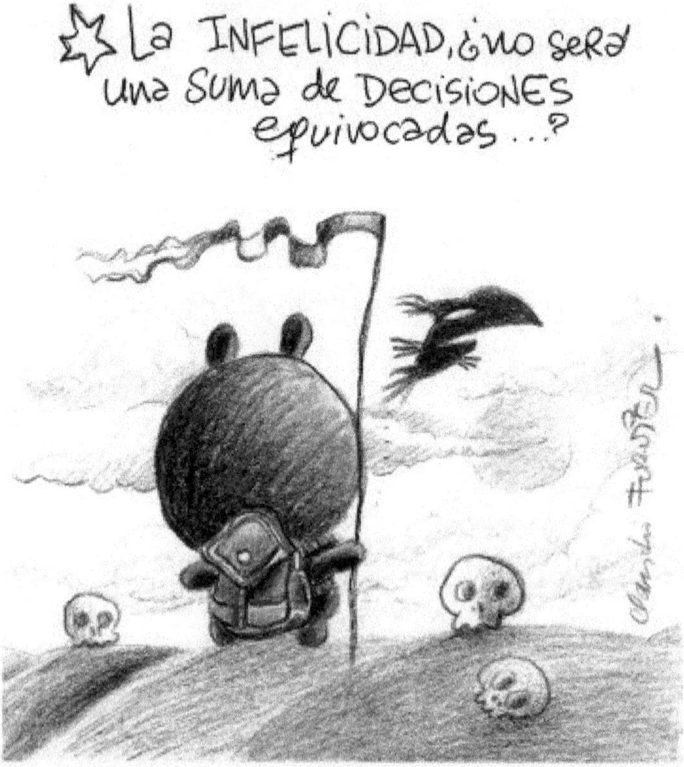
La INFELICIDAD, ¿no será
una SUMA de DECISIONES
equivocadas...?

RESCATARSE 97

☆ A veces llega el momento en que te das cuenta de que las cosas son como tienen que ser...

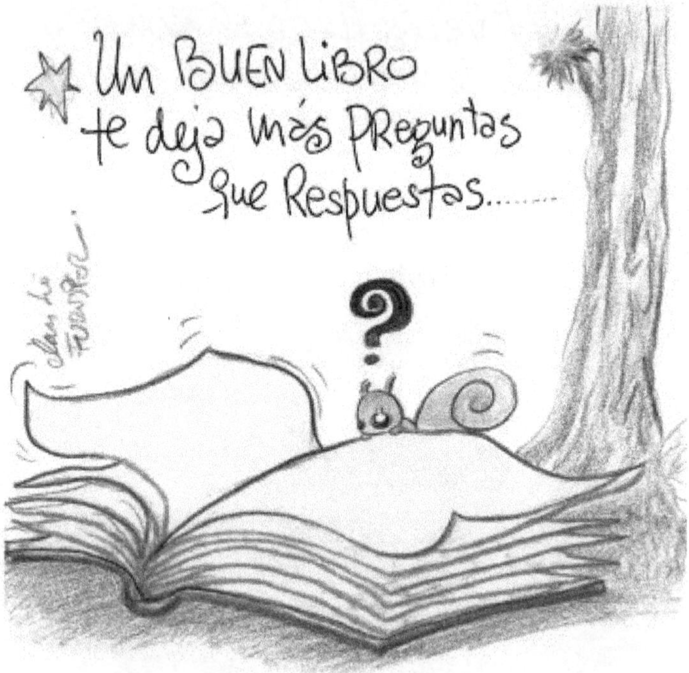
Un BUEN LIBRO
te deja más PReguntas
que Respuestas........
?

Cuidado con las Serpientes de Coral...
...Hermosas pero Peligrosas...

☆ Hoy: NO OLVIDAR !!!
Bailar en la cima de una montaña verde con un ave desplumada al son de una cigarra cubana...!!

RESCATARSE 101

¿Y si el problema no es ni tú, ni yo, sino NOSOTROS?

C. Frasre

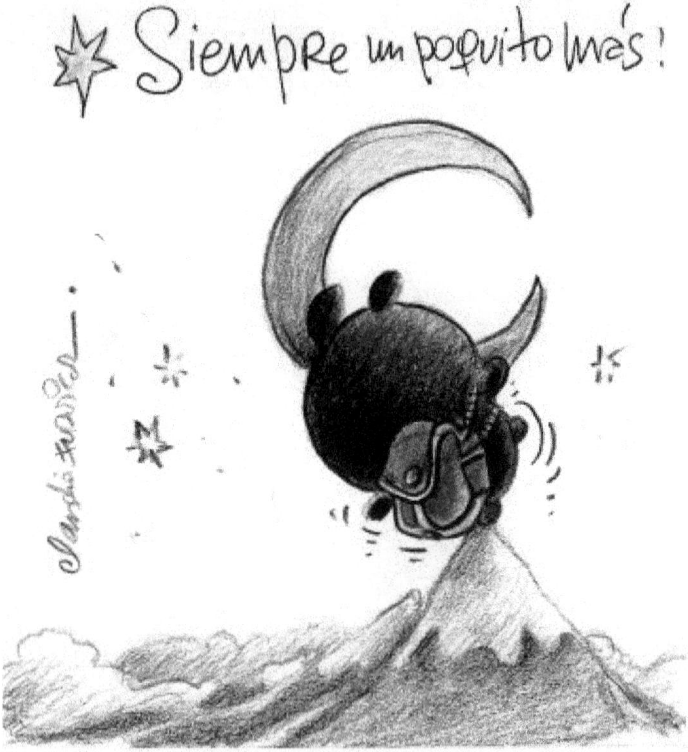
Siempre un poquito más!

RESCATARSE

Tanto miedo tenemos de que nos pase ESO...

...que finalmente ESO nos va a pasar...

Extrañarte es una de mis más hermosas debilidades

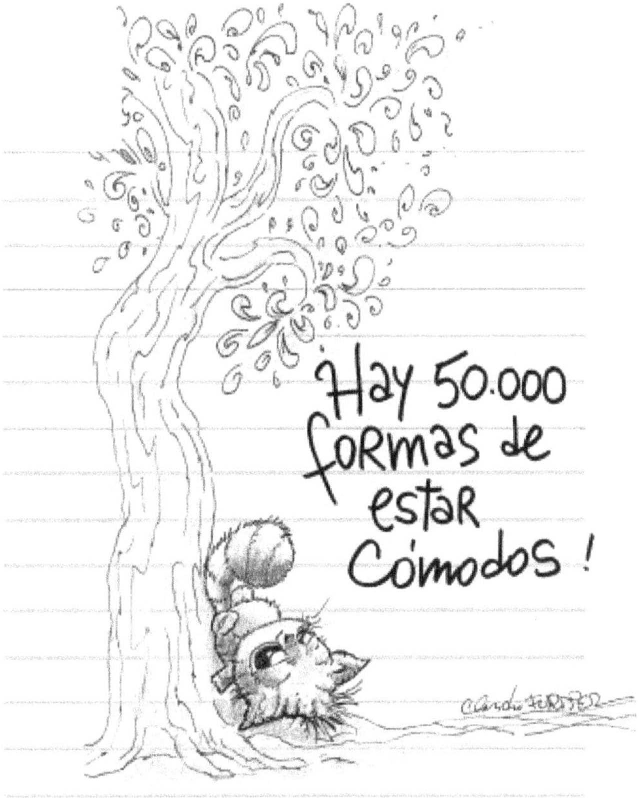
¡Hay 50.000 formas de estar Cómodos!

¿Qué es un lindo Día?

...Un Día con Sol interior

Un SECRETO es aquello que TODOS saben, pero sólo los autorizados dicen...... ☺!!

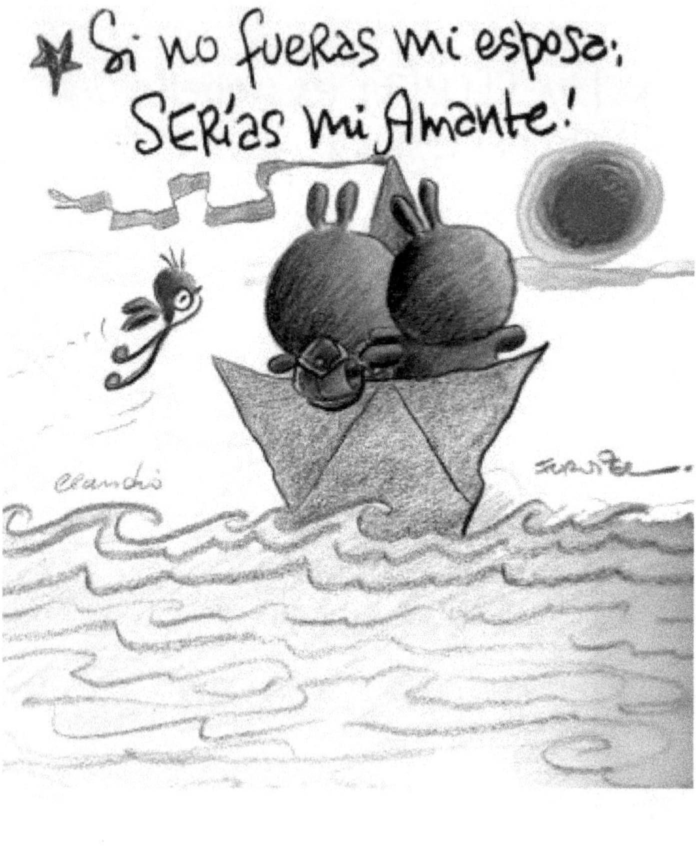
Si no fueras mi esposa;
SERías mi Amante!

RESCATARSE

☆ Si la espalda con mochila sirve para IRSE...

...La NARIZ y los BRAZOS ABIERTOS se usan para REGRESAR...!!

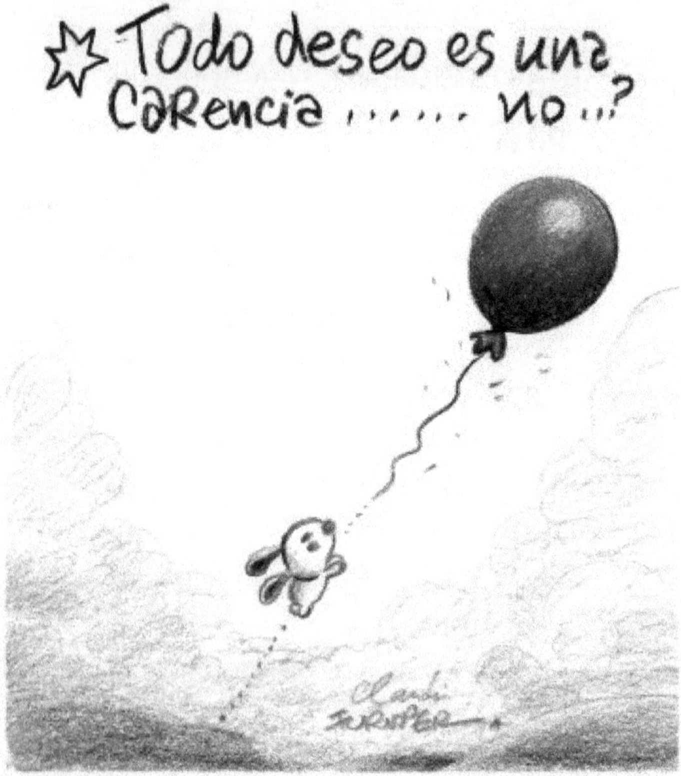
Todo deseo es una
carencia...... no..?

Sin un mínimo de ¡IRRESPONSABILIDAD... TRANSGRESIÓN y ERROR...

...nos enfermaríamos..!!

☆ Si sólo te interesa de
él, lo que él diga de ti...
.... mmmh... ☹!

RESCATARSE 113

☆ Mirando el Horizonte......... no percibí dónde estaba parado.........

Mirada profunda,... inquieta...
curiosa........ de gato.........
¿o vacía... de NADA... de VACA...?

RESCATARSE **115**

☆ Cansado de los EGOS gigantes que esconden personitas tan p e q u e ñ i t a s

RESCATARSE 117

★ ¿Gato NEGRO o GATO BLaNCO?

Mucho de NADA de vez en cuando......

RESCATARSE 119

☆ Cada cosa tiene su tiempo, su espacio y su dedicación...... ...... Nada de más ...... Nada de menos......

☆ Por suerte el PLANETA es uno solo, pero los mundos en los que vivimos, son miles...

RESCATARSE **121**

☆ Esa Roca llamada Papá que nos protege de todas las tormentas...... ♡

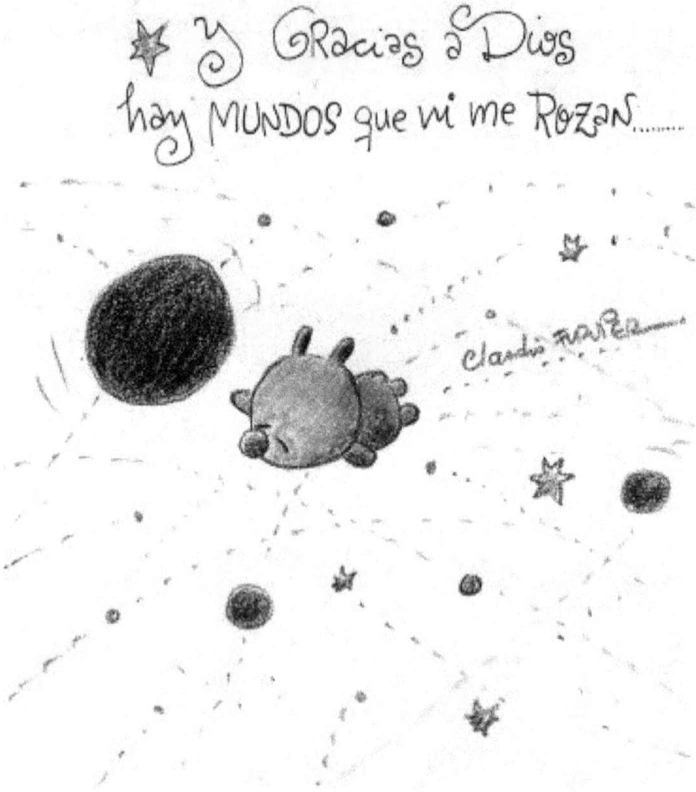
Y Gracias a Dios
hay MUNDOS que ni me ROZAN........

RESCATARSE 123

Un poquito muriendo...
Un poquito Resucitando...
...........todos los días...........
¡¡¡Es la VIDA!!!

RESCATARSE **125**

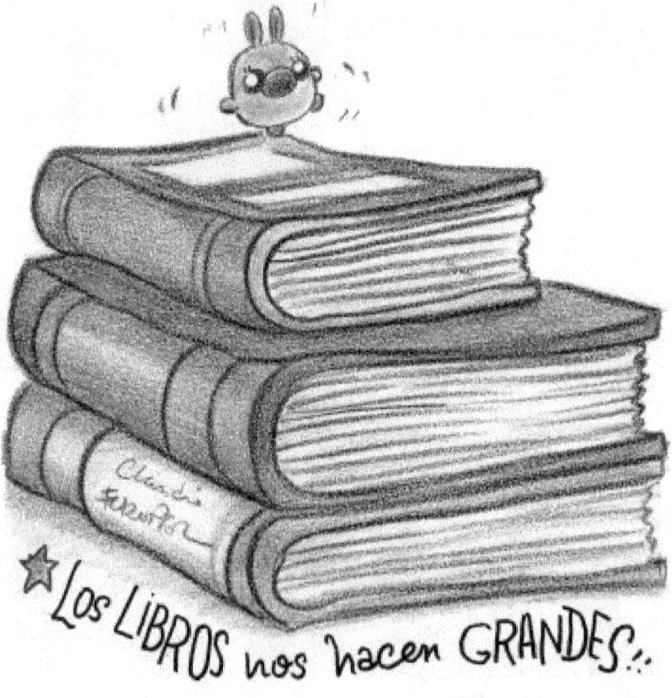
Claudio Furnier
Los LIBROS nos hacen GRANDES

RESCATARSE **127**

No lo asumo
pero ya pasó
pero no lo asumo
ya pasó
pero

no lo asumo

RESCATARSE

✭ Compartir en silencio es una forma de gritarnos ¡¡Te Amo!!

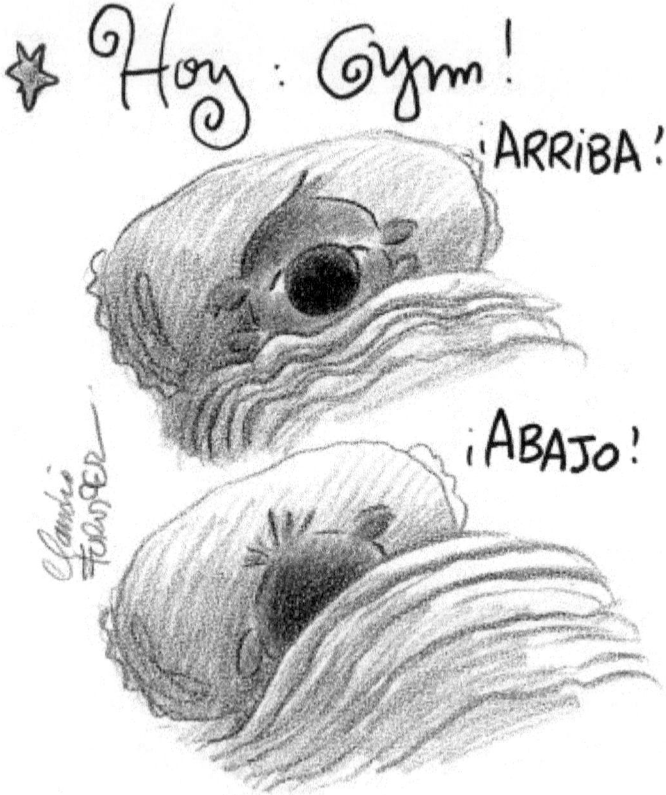
Hoy: Gym!
¡ARRIBA!
¡ABAJO!

RESCATARSE

¡mchuiiiick!

Un Beso es la mejor manera de decirse TODO sin hablar........ ♡

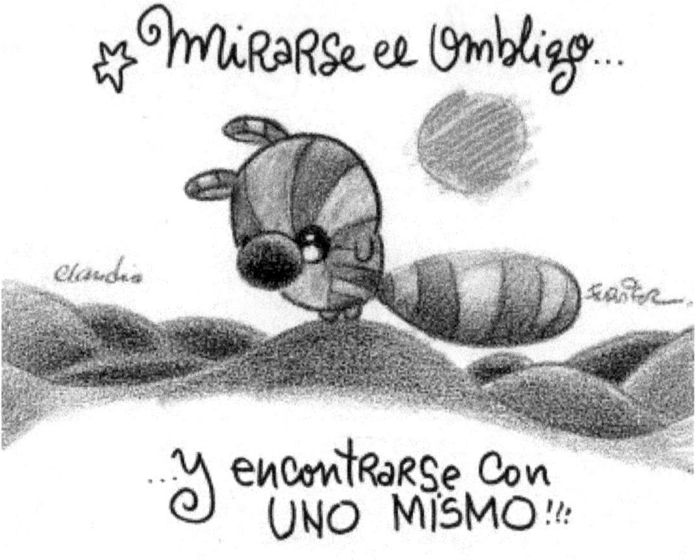
Mirarse el Ombligo...
claudio
...y encontrarse con UNO MISMO!!!

RESCATARSE 133

☆ Fiel a mis principios......

☆ Flexible a los cambios......

RESCATARSE 135

✫ Aprender para desaprender...

...... a veces es Evolucionar ....

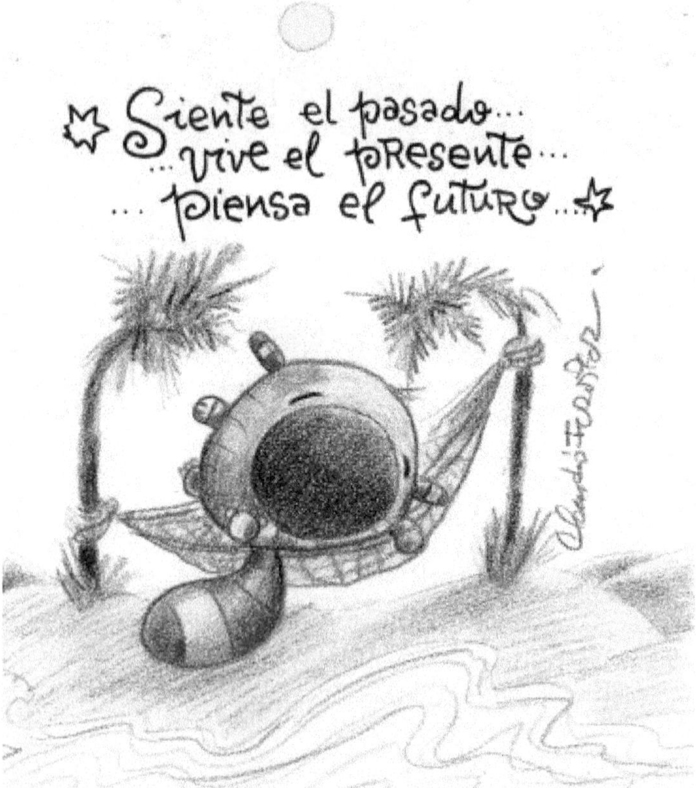
Siente el pasado...
...vive el presente...
...piensa el futuro...

RESCATARSE

A FULL A FULL
A FULL A FULL A FULL
A FULL A FULL A FULL
A FULL A FULL A FULL
A FULL A FULL A FULL
A FULL... MUERTO!!

Duele el Amor cuando uno de los dos cree ser Amado más de lo que en Realidad lo quieren...

RESCATARSE **139**

¿Morir es Nacer?

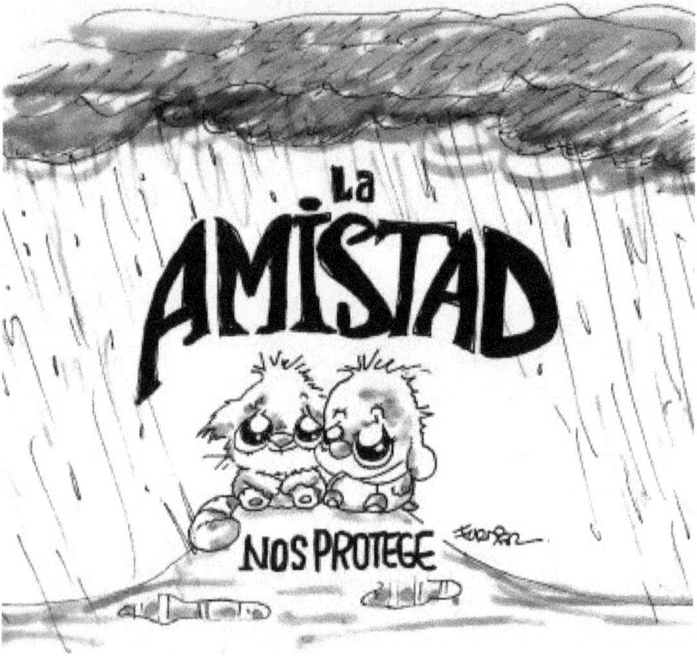
La
AMISTAD
NOS PROTEGE

✹ ¿Te diste cuenta de que TODAS las personas que conociste, ALGO te enseñaron...?

Nunca sabemos si cruzar una LÍNEA es BUENO o MALO, hasta que no la cruzamos...

RESCATARSE

Todos los paraísos tienen sus árboles prohibidos......

Miradas Profundas
Misteriosas
Intensas

Que invitan a ser
Exploradas

☆...¿y si lo más exitoso fuera ser TÍMIDO y feo.........?

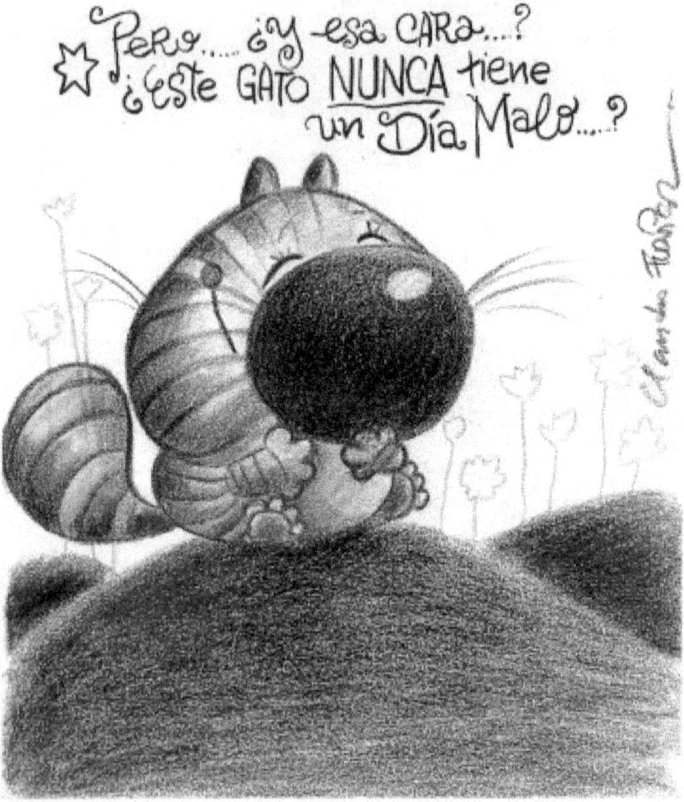
Pero..... ¿y esa CARA....?
¿Este GATO NUNCA tiene
un Día Malo.....?

RESCATARSE

☆ Viento suave en la cara...

te acaricia el Alma

No somos perfectos...

...ni lo queremos ser.

RESCATARSE **149**

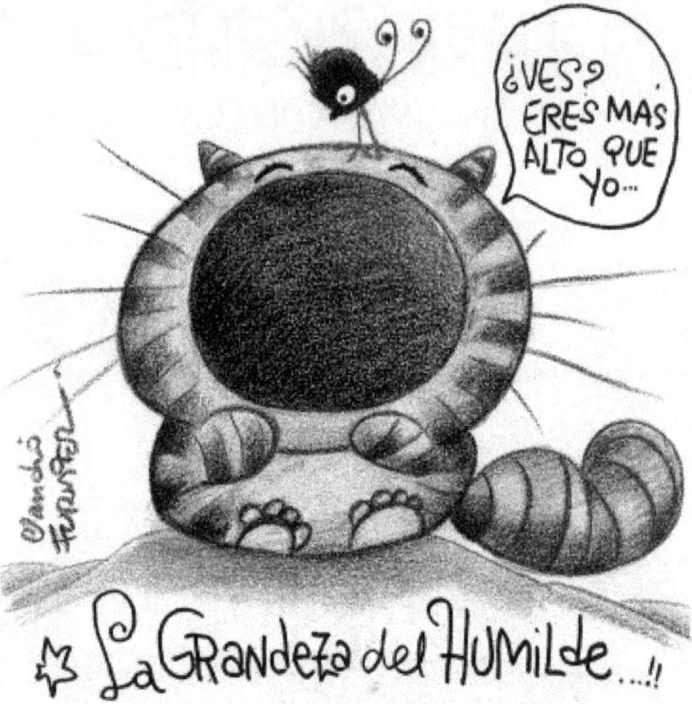
¿VES? ERES MÁS ALTO QUE YO...
La Grandeza del Humilde...!!

RESCATARSE **151**

Yo es igual a Ellos + nosotros.

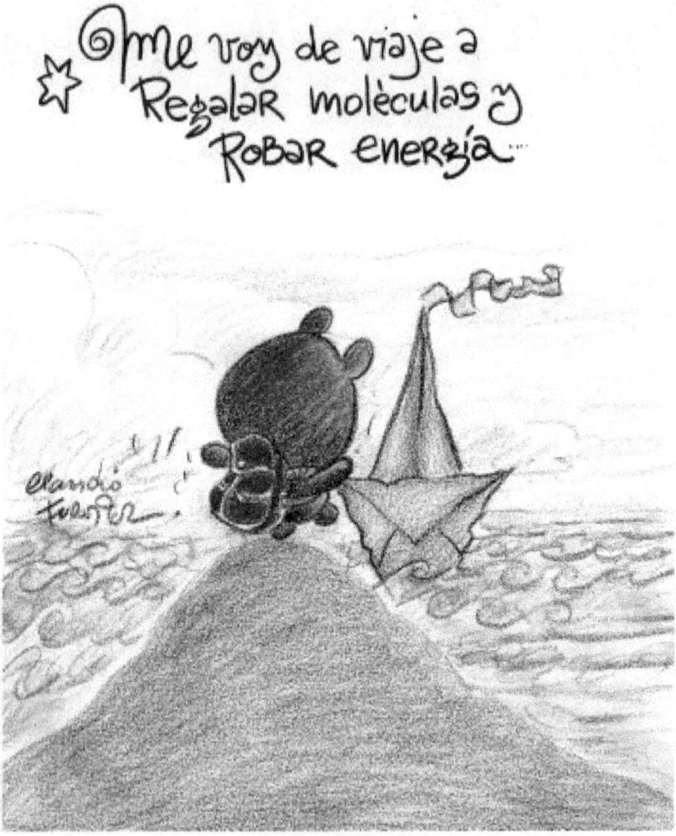
Me voy de viaje a
Regalar moléculas y
Robar energía...

RESCATARSE 153

¡Cada día es un largo viaje...!

Si conozco algo de ti, ese algo eres tú... no importa en qué porcentaje, es suficiente para quererte........

RESCATARSE 155

☆ ¿Fortalecer nuestra esencia,
o cambiar nuestra esencia
para ampliar Horizontes...?

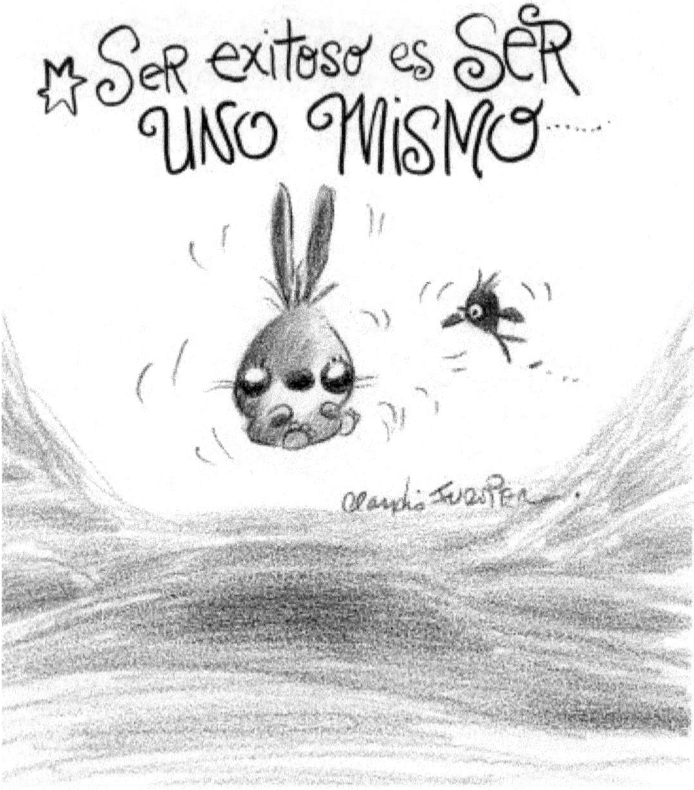
Ser exitoso es ser uno mismo......

RESCATARSE

En un ABRAZO INTENSO, se siente el ALMA del OTRO...

☆ Atraemos lo que somos:

... Lo Bueno y lo malo, con nuestras luces y oscuridades........

RESCATARSE

☆ Se quiere como te gusta que te quieran......♡

☆ Se enseña un 50% con lo que se dice...

...y un 50% con lo que no se dice...... ☺

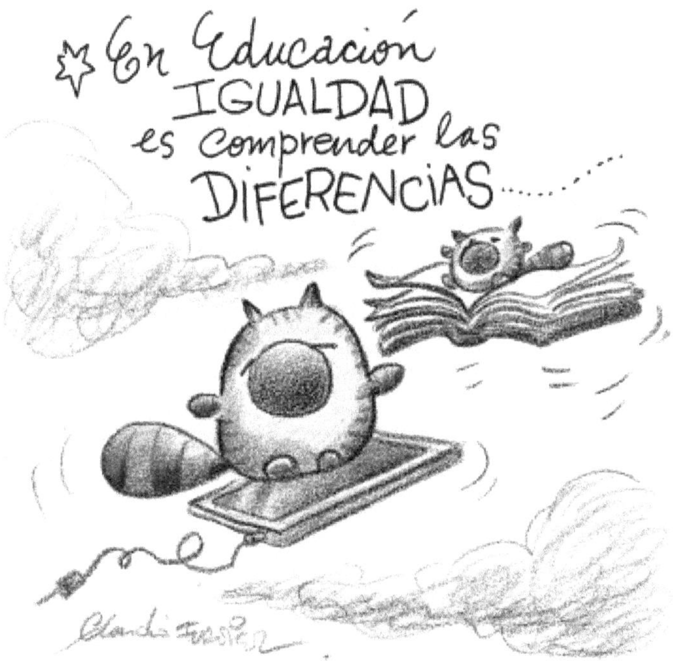
En Educación
IGUALDAD
es comprender las
DIFERENCIAS

Eres mi trastorno obsesivo compulsivo....
mmmmmuah!

...y no me lo quiero curar...♡

RESCATARSE 163

☆ TE GUTO..?

A. Sí ☐
B. Sí ☐
C. Sí ☐
D. Sí ☐
E. Sí ☐

☆ La suerte no existe...

...somos nosotros...........

RESCATARSE 165

☆ Sólo un niño de 4 años puede diBujar un elefante ASÍ:

☆ A veces las estrellas buscan alinearse para cumplir los sueños imposibles de los Seres Enamorados...

RESCATARSE 167

✿ Si hay ternura...

... el mundo está salvado!

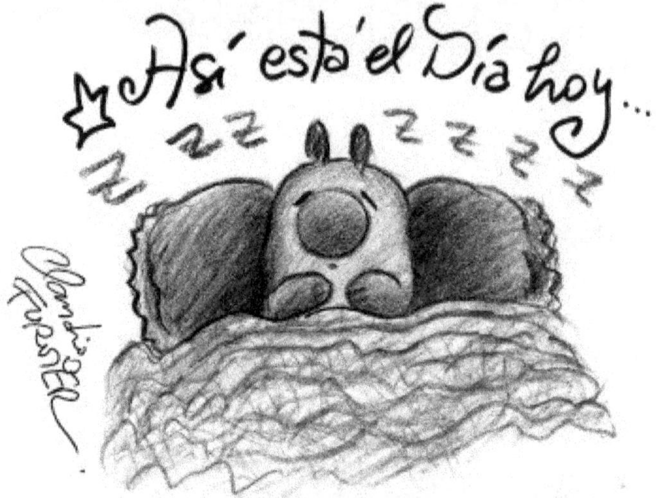
Así está el Día hoy...
ZZZ
ZZ
ZZZZ

☆ Que a nadie se le ocurra ponerse triste cuando muera...

...Sólo me mudaré de vida... 😇

☆ ¿Mis ídolos...?

Mis alumnos del colegio de adultos que trabajan de sol a sol y, muy cansados, asisten todos los días con frio, con lluvia; infaltables, poniendo todo su esfuerzo por mejorar........

RESCATARSE 171

A veces, sólo a veces, los planetas se complotan para que todo suceda como lo habíamos soñado.

A veces pienso que no me alcanzan los brazos para el abrazo que quisiera darte...
Claudio Furnier

RESCATARSE 173

☆ Para las mentes inquietas, las PREGUNTAS no buscan RESPUESTAS, sino más PREGUNTAS……..☺

Basta con un tironcito de ese hilo invisible para que tu alma gemela esté ahí, a tu lado, escuchándote.....

RESCATARSE 175

Es increíble lo eternos que pueden ser algunos momentos fugaces...

¿Cuántas preguntas sin respuesta me haré hoy?

RESCATARSE 177

Un ABRAZO hace girar el Caleidoscopio de nuestras almas....

☆ Como un niño:
Sorprenderme por
todo hoy .... ☺

RESCATARSE

⭐ Me MATA la ANSIEDAD!!!!!!

UNO cree que es la CASUALIDAD..........
...... y da la CASUALIDAD de que es UNO.........
Claudio Furnier

RESCATARSE 181

☆ Un ABRazo es una Danza que nos eleva a un estado de espíritu puro!

☆ Caminar sobre el mar como un Cristo... o mejor bailar... como un Cristo alegre.....

RESCATARSE 183

¿Los miedos nos protegen o nos paralizan......?

RESCATARSE

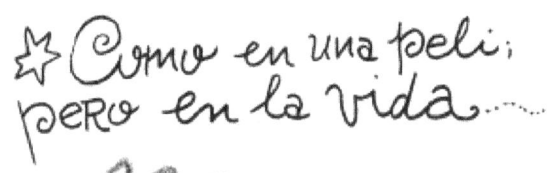

✮ Como en una peli, pero en la vida......

Soñamos lo que somos...

...Somos lo que Soñamos......

RESCATARSE

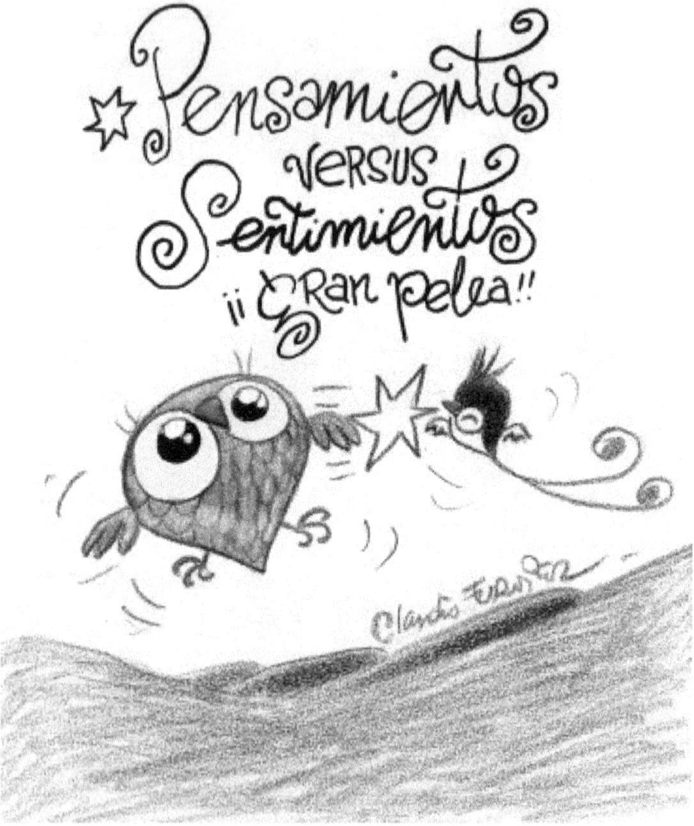
Pensamientos
versus
Sentimientos
¡¡Gran pelea!!

RESCATARSE 189

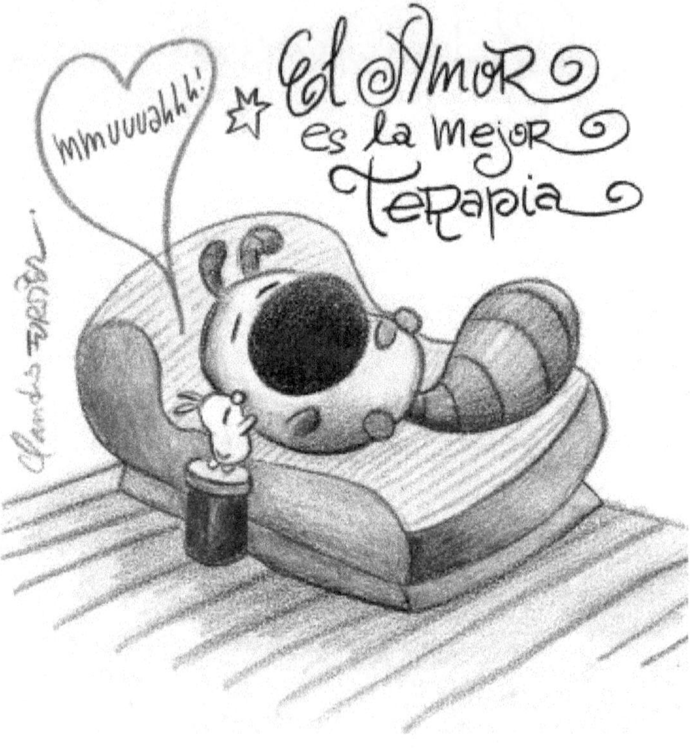
mmuuuahhh!
El Amor
es la mejor
Terapia

RESCATARSE

Un buen docente aprende de sus alumnos el Doble de lo que les enseña...

Si en las VACACIONES
la gente siempre tiene tan
BUENA ONDA... la pregunta es:
¿Son las VACACIONES,
o es la GENTE.........?

RESCATARSE 193

*El mismo precipicio, para algunos es un DESAFÍO, para otros, una INCONCIENCIA......

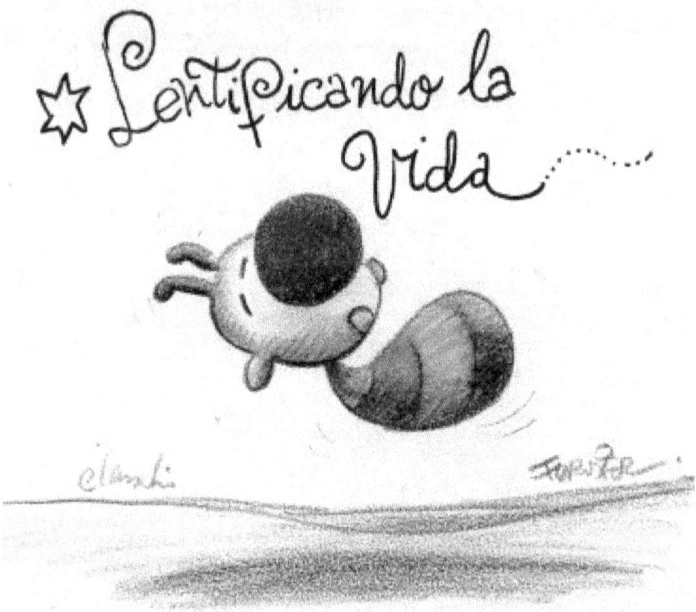
Lentificando la vida

RESCATARSE **195**

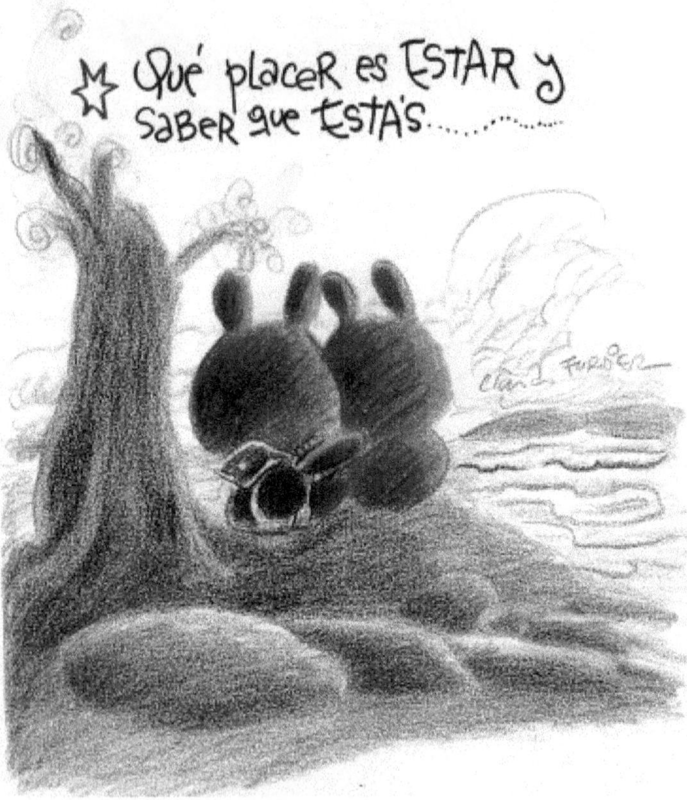
Qué placer es ESTAR y
saber que ESTÁS......

☆ Cuando el amor une distancias...

Hay cosas que dichas
en secreto al oído suenan
el triple de dulces

RESCATARSE

☆ La ENERGÍA es una sola........

........¿Adónde la distribuiré hoy....?

RESCATARSE

Cuánta savia nueva corre por la sangre...

...para ese Renacimiento que es la PRIMAVERA...

☆ ¿Cómo la VIDA le va a dar ALGO...?

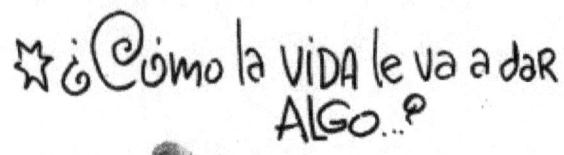

... al que nunca hace NADA....?

RESCATARSE

☆ ¿Qué tendrías para decirle de Bueno sobre la VIDA en este MUNDO a los seres de otro planeta...?

☆ Mi misión de hoy:

RESCATARSE 205

Mirar la misma Luna... supera todo tipo de distancias... ♡

Compañeros de Vida

Navegando por agua,
por tierra, por barro,
entre nubes y ríos...
entre el Sol y la Luna...

RESCATARSE

☆ *Lo que más me gusta de tu CARA es la felicidad......*

Hermoso no es sinónimo de Bello..............

...la Belleza puede estar aún en lo aparentemente Feo.........

RESCATARSE

☆ Cada Cuerpo tiene su propio Ritmo, y todo es una Danza... Algunas más estéticas que otras... pero todas son danzas al fin!!!

☆ Qué increíble cuando algo puede ser un huevo frito, o un sol, depende quién lo mire .... DIVERSIDAD, que le dicen............

RESCATARSE 211

*Tus brazos
son alas preparadas
para volar en tierra!!!*

RESCATARSE 213

¿Y tú quién eres...?

La golondrina vuela, audaz, alto, aventurera... riesgosa, pero vuela lejos...

...La lechuza vuela sabia, conservadora, segura y controlada... pero vuela bajo y cerca...

RESCATARSE **215**

Los vuelos altos y bajos de la lechuza y la golondrina se enriquecen mutuamente porque forman una hermosa danza de audacia y sensatez

Cuando las preguntas se enamoRan... se convieRten en Respuestas...

RESCATARSE 217

Cuando un paisaje te conmueve, y te parece sentir la mirada de Dios......

La mirada es la ventana del alma...

RESCATARSE **219**

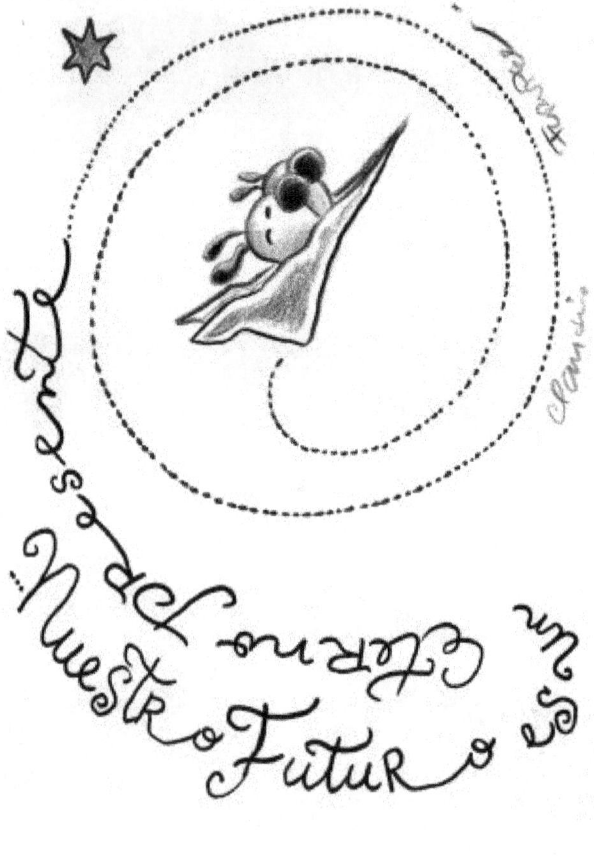
Nuestro Futuro es un eterno presente

RESCATARSE 221

✡ En la Historia de la Humanidad, no siempre PROGRESO es EVOLUCIÓN.

✫ La superficie y las formas...

...alimentan el FONDO y las PROFUNDIDADES.........

RESCATARSE

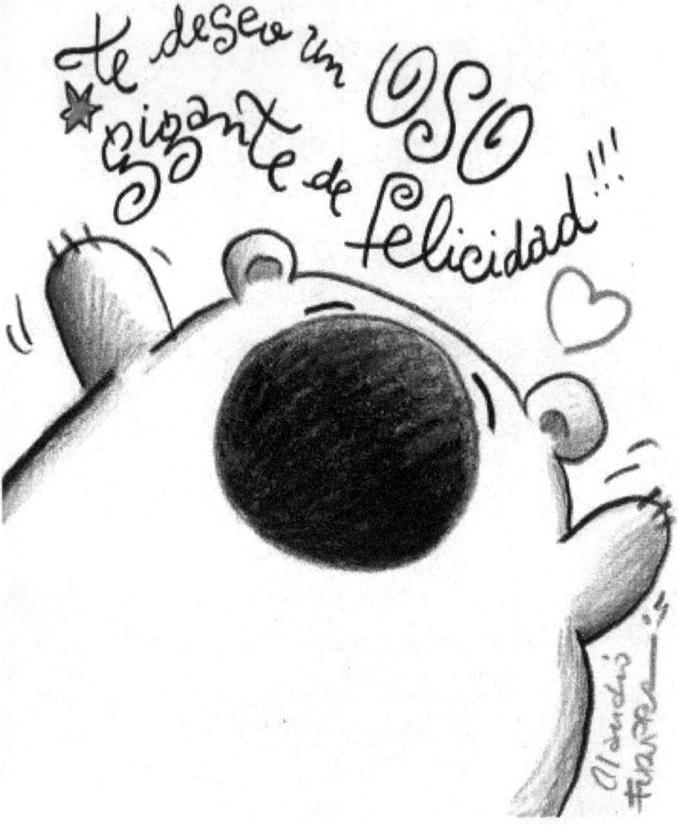
te deseo un OSO gigante de felicidad!!!

… La VERDADERA proporción del TIEMPO……

PASADO **PRESENTE** FUTURO

*muy felices:
con la LUNA acariciandonos
las narices......*

RESCATARSE **227**

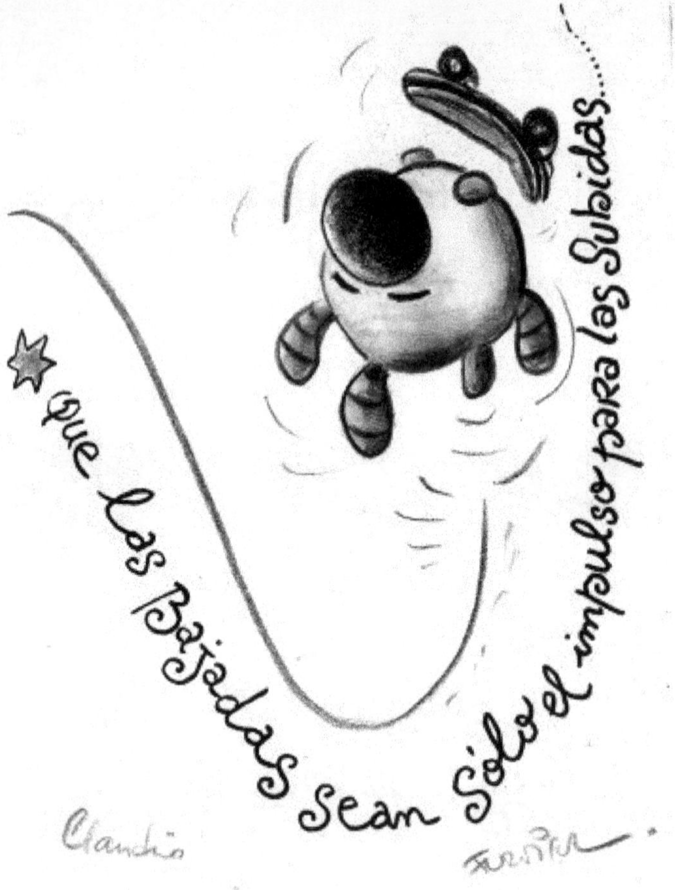
que las Bajadas sean sólo el impulso para las Subidas......

Ni 100% Posible...
...Ni 100% IMPOSIBLE...

...la REALIDAD MISMA......

"Tan cerca que parece tan lejos que está"

Claudio Furnier

RESCATARSE **231**

Cuando te animes a abrir las alas....

Hay Corazones que
Como un Rompecabezas
encajan justo

uno dentro

del otro...

......y viceversa......

RESCATARSE

¿Esperando algo del Cielo......?

...enterrado en la Tierra?

y pensar que creímos por un momento que el Sol no estaba......

RESCATARSE

★ LAS CUATRO "A"

Alegría

Amistades

Acción

Amor

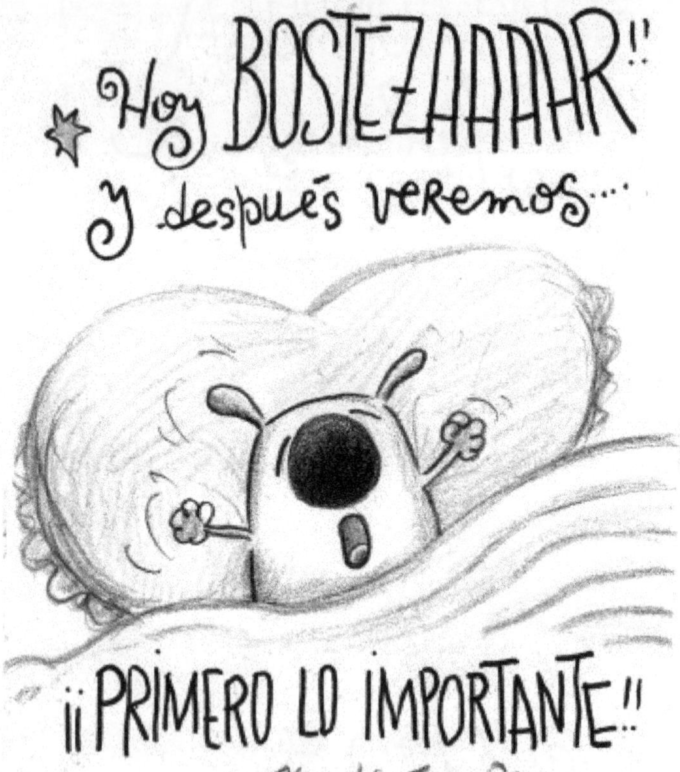
¡Hoy BOSTEZAAAAR!!
y después veremos....
¡¡PRIMERO LO IMPORTANTE!!

RESCATARSE

Buscando Respuestas ya no Recuerdo qué me había PReguntado

☆ Cuando vamos perdiendo de vista las primeras preguntas...

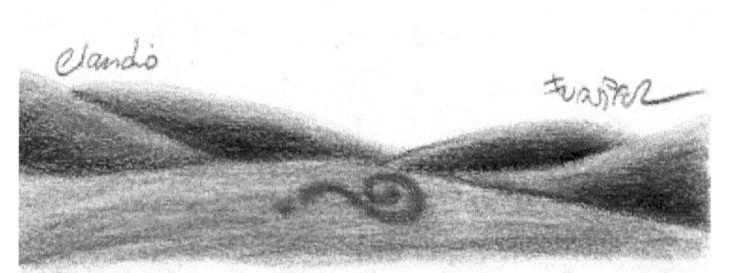

...Será que estamos evolucionando, ¿no?

☆ Para ellos soy el RARO de la familia...

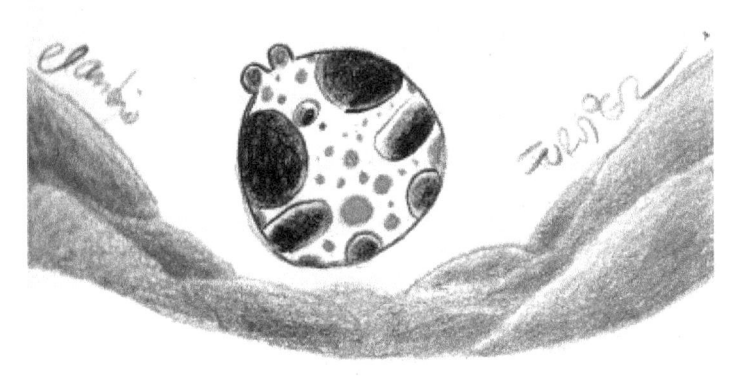

...para mí, soy el normal en un mundo de RAROS...

Dos Agendas

- Pagar impuestos
- Instalar y Reparar cables y Aparatos
- Cumplir Horario
- Invertir acciones

- Tomar Sol
- Mirar la Luna
- Sentir el viento
- Cerrar los ojos!

Claudio Furnier

RESCATARSE

✿ Cuanto más pasan los años...

... más joven me siento...
   firmado: Mi espíritu —

Creatividad es...

...Dibujar como los niños...!!

☆ Fortaleciendo el CORAZÓN para los momentos de golpes duros...

Claudio Furnier
Sólo cuando te encontré...
supe qué era lo que estaba
Buscando.......

RESCATARSE

☆ Cuando se puede volar...

...con sólo abrir los brazos!!.

☆ No hay cambio interior que no se manifieste en lo exterior...

☆ Somos Simpáticos...

...pero sobre todo: Somos Empáticos...!!!

Liberando el Bichito de la Energía Vital

RESCATARSE 249

¡Hay cosas que no son simétricas ni equitativas... pero encajan justo!

☆ No les prestaba atención, pero de a poco fui descubriendo que el mundo permanentemente te está enviando Señales...

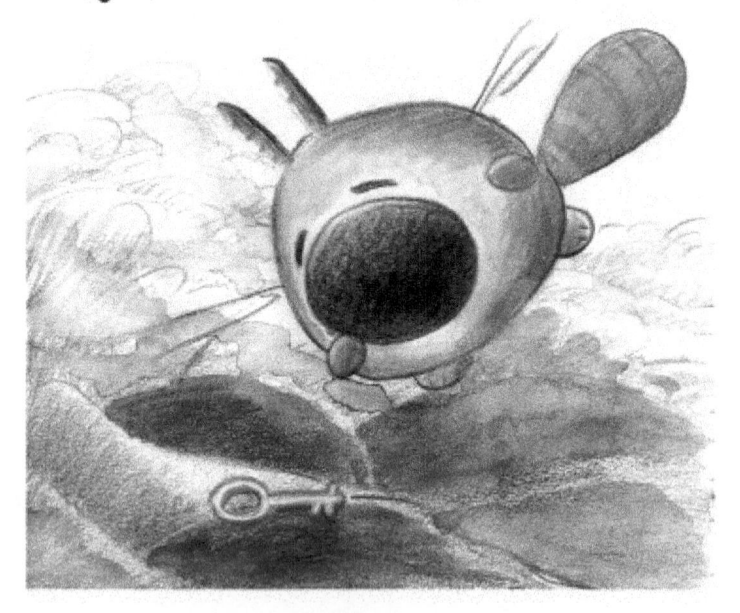

RESCATARSE

Las Señales del Destino aparecen cuando menos lo esperamos, en los lugares donde no buscamos...

Señales

Un oso bailando sobre una estrella...

...Señal de que elegiste bien!!

RESCATARSE **253**

¿Cómo vas a vivir Hoy......?

...porque estamos construyendo el pasado de mañana

Qué lindo cuando una flor regalada...

...además de Belleza tiene Raíces...

RESCATARSE

Esperando por acá... Recibí por allá.

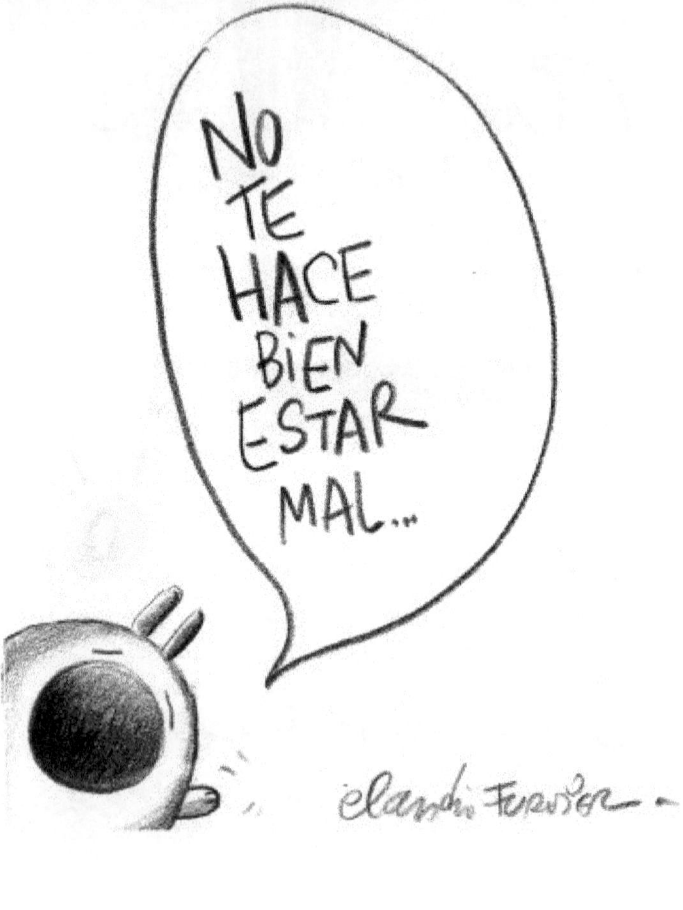
NO TE HACE BIEN ESTAR MAL...

RESCATARSE

Cuando las cosas no pudieron ser...

...no queda más que ser..

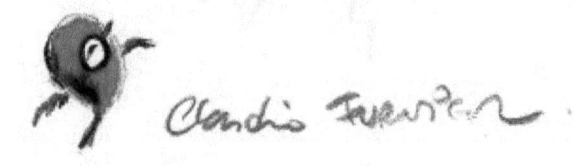

Si te vas al Sol siento que me quema, como si allá estuviera

RESCATARSE **259**

Hay lugares mágicos...
...y hay lugares que nosotros volvemos mágicos...

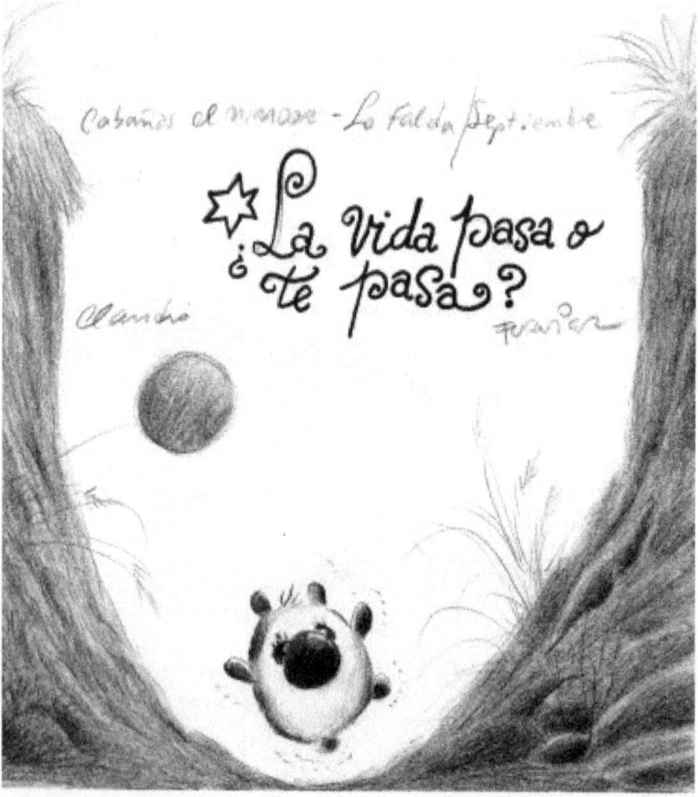
¿La vida pasa o te pasa?

RESCATARSE **261**

¿Y si resulta que el silencio comunica mucho más que mil palabras...?

☆ Un paisaje te vuelve el Alma más hermosa...

...y hay Almas que embellecen los paisajes... ☆

RESCATARSE

Jugar a ser feliz...

...es ser feliz!!

Volar volando....
...Amar Amando...
...Vivir Viviendo...

...Aprender Aprendiendo...

RESCATARSE **265**

Dar...

...es darse...

Vivir la tristeza...

...no quedarse a vivir en la tristeza...

RESCATARSE

Ojalá... Alguna vez... en el momento menos pensado... o quizás cuando... ya no lo esperemos...

Cuántas cosas tan
efímeras
son tan eternas...

Tristeza

Colgado al sol
esperando que las
lágrimas se sequen

Tristeza

No hay Amor sin dolor
No hay dolor sin tiempo
No hay tiempo sin lugar
No hay lugar sin vos
No hay vos sin Amor

RESCATARSE **271**

"Necesitaba liberar esa intensidad que ignoraba que me faltaba..."

Una Buena Conversación
es una Conversión
de uno en el otro...
...y del otro en uno.....
Claudio
Furnier

RESCATARSE

Destino = Libre albedrío + Cosmos

*Las vidas fluyen...
...los momentos pasan...
Las vivencias quedan...*

☆ Los silencios ordenan...

...lo que las palabras a veces dejan desacomodado...

Primero es la tristeza...
... luego el Dolor ...
... y finalmente el cambio...

RESCATARSE

Dudas...
Ansiedad
Certezas
Aburrimiento
y nuevas...

Claudio Fuentes

☆ ¿Para qué despertarse, si se puede seguir soñando?

☆ La INEVITABLE LÓGICA de lo IMPREVISIBLE....

La vida es como una película:
Dios es el Director... Nosotros
somos los actores y guionistas;
y el cosmos le pone las circunstancias.
Los finales son felices o dramáticos,
según como se mire...
Hay películas lentas, aburridas...
Otras son pura acción superficial,
algunas son tan intensas,
y que te cambian para siempre...

RESCATARSE

El Amor ocasiona un Dolor que se supera sólo con Amor...

Cuando le pones música a los momentos vividos... todo se vuelve tan único, mágico y especial...

RESCATARSE

☆ Gato Azul disfruta del calor del sol...
quiere Broncearse y
convertirse en
un gato Rojo
Pasión...

Gato azul, con un salto efímero, captura momentos eternos...

RESCATARSE

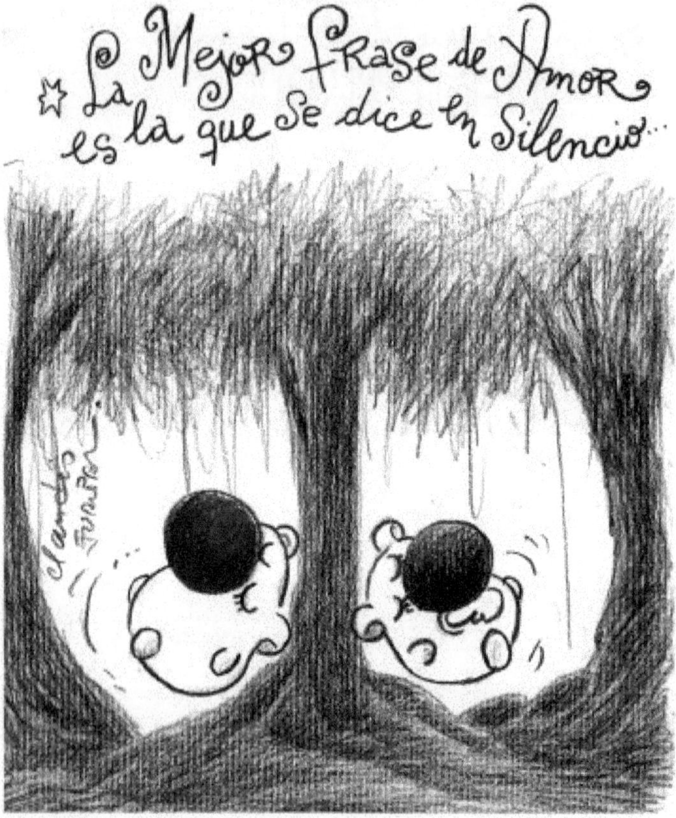
La Mejor frase de Amor
es la que se dice en Silencio...

RESCATARSE **287**

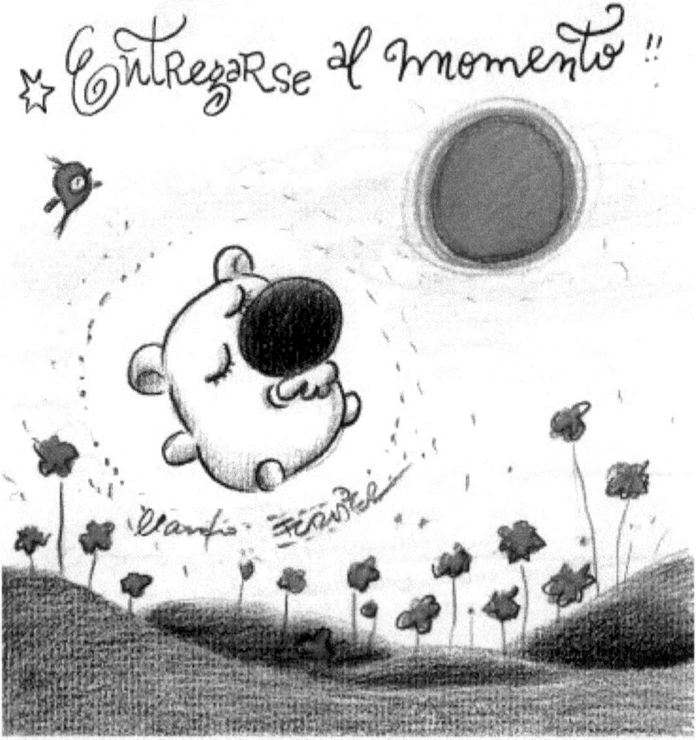
Entregarse al momento !!

RESCATARSE **289**

☆ A veces los silencios
Gritan lo que las
palabras callan...

☆ **FUTUROLOGÍA**: Consiste en hacer planes tan exactos para el futuro, que se cumplirán exactamente como NO los habíamos planeado...

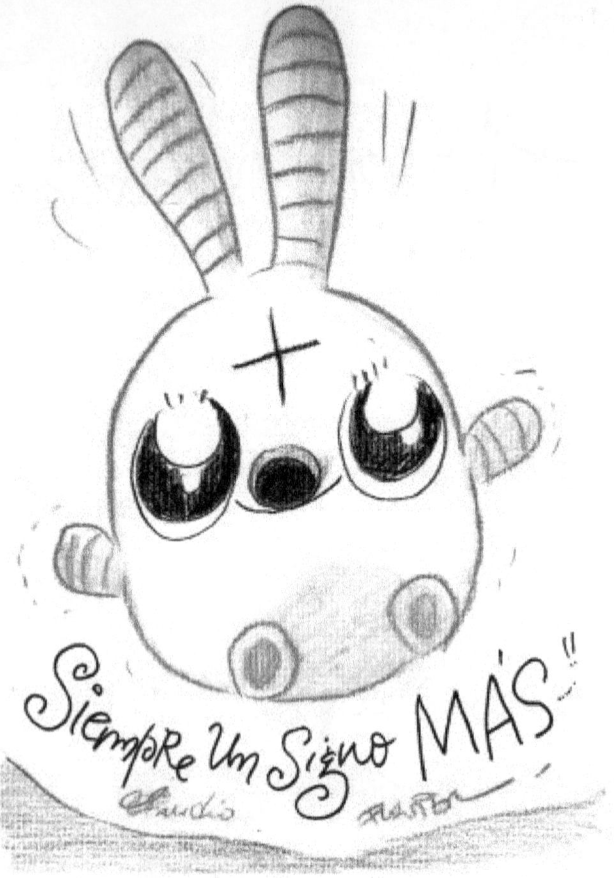
Siempre Un Signo MÁS!!

RESCATARSE **293**

Cuando nos sentimos como si fuéramos un globo de helio...

RESCATARSE 295

Hay miles de formas de Hacer el Amor sin contacto físico...

La Personalidad...

...es la Ropa del Alma

RESCATARSE

"Amo tu vuelo...

...por vuelo... y por tuyo..." ♡

Claudia   Jennifer

Viajes

Si regresas antes...
Seré feliz por mí...
Si regresas después...
Seré feliz por ti...
...pero no Regreses ni antes,
ni después de lo previsto...
...Sólo vive aquí.....
...dentro...
...y Seré feliz por ti y por Mí!!

☆ Que el Bichito de la Alegría

te persiga, te alcance y te contagie!!!

✭ Todas las personas, lugares y circunstancias le aportan algo a nuestras vidas, aún lo más pequeño e insignificante... Somos uno, pero somos uno con el universo y parte de él... por eso no podemos desarrollarnos con plenitud solos... Algunas personas se vuelven fundamentales en nuestra vida por diversas razones. Eso las hace únicas y nuestra felicidad se construye junto a ellas.

Eso no quiere decir que no podamos vivir sin ellas, porque somos almas individuales...

Pero sí se puede afirmar el papel fundamental en nuestra transformación y crecimiento para esta vida y quizás las otras...

✣ Es inútil ir en contra de lo maravillosamente inevitable...

✩ Decisiones:
Animarse a cumplir
nuestra misión de Almas...

Cuando las preguntas se vuelven un espiral...

...No hay Respuestas...

"Libre para irme...

...libre para volver"

RESCATARSE **305**

☆ *La vida no es una sola: son miles en una...*

"¿Danzamos...?

...Así los días son más felices..."

RESCATARSE **307**

Tenemos tanta intensidad que una vida no nos alcanza para vivirla...

Lo que para una lechuza es volar muy alto...

...para una golondrina es un vuelo muy bajo...

RESCATARSE 309

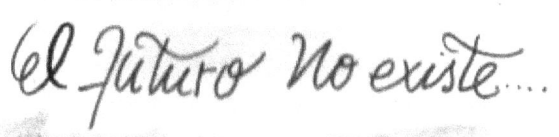

El futuro no existe...

Volar sin alas...
Caer sin paracaídas...
vivir sin miedo...

RESCATARSE

¿Opciones disyuntivas o complementarias?

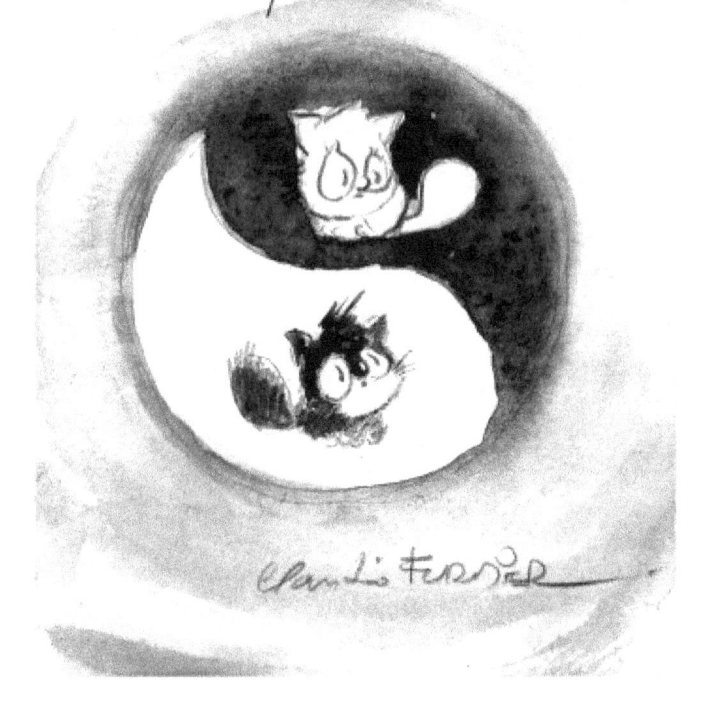

About the Author

Desde pequeño me expreso con dibujos y me gusta escribir. Mis creaciones muestran mi ser interior con forma de personitas, animales sensibles y acuarelas. Además de estar agradecido por poder trabajar de esto, me hace feliz el simple hecho de crear y compartir. Diseñé los personajes de Junot tarjetas, Charly huesos y El parque de la vida. Actualmente ilustro frases y dibujo humor gráfico en mi proyecto de psicodibujos y LOS BATATOS. La agencia CARTOON Stock vende mis producciones internacionales.

Milton Keynes UK
Ingram Content Group UK Ltd.
UKHW031444291124
451807UK00005B/378